Through
all
things
gazed,

I saw you.

我在
凝视万物时

见过你

巫昂

著

Poet
Wu Ang

江苏凤凰文艺出版社

图书在版编目（CIP）数据

我在凝视万物时见过你 / 巫昂著. -- 南京：江苏凤凰文艺出版社，2025.8
ISBN 978-7-5594-8466-6

Ⅰ. ①我… Ⅱ. ①巫… Ⅲ. ①诗集－中国－当代 Ⅳ. ①I227

中国国家版本馆CIP数据核字(2024)第009170号

我在凝视万物时见过你

巫昂 著

出 版 人	张在健
选题策划	李　黎
责任编辑	李珊珊
责任印制	杨　丹
出版发行	江苏凤凰文艺出版社
	南京市中央路165号，邮编：210009
网　　址	http://www.jswenyi.com
印　　刷	苏州市越洋印刷有限公司
开　　本	787毫米×1092毫米　1/32
印　　张	9.125
字　　数	120千字
版　　次	2025年8月第1版
印　　次	2025年8月第1次印刷
书　　号	ISBN 978-7-5594-8466-6
定　　价	58.00元

江苏凤凰文艺版图书凡印刷、装订错误，可向出版社调换，联系电话 025-83280257

目　录

1997 年　　　请把我埋葬在镜子里 / 2

1998 年　　　我不认识柴可夫斯基 / 4
　　　　　　长尾巴的男人 / 6
　　　　　　小于号 / 7
　　　　　　沙丁鱼是一种廉价的鱼 / 8
　　　　　　凡是我所爱的人 / 10
　　　　　　云鹏在唱一首忧伤的歌 / 11
　　　　　　本该下雪的这一天 / 12

1999 年　　　望得见田野的阳台 / 14
　　　　　　经历 / 16

　　　　　　一匹马看见我 / 18

　　　　　　歌 / 20

2000 年　　我在二十世纪的秋天 / 23

　　　　　　草莓一样红 / 24

　　　　　　那时在威尼斯 / 25

　　　　　　清晨醒来几件事 / 26

　　　　　　乡村女孩 / 27

　　　　　　自画像 / 28

　　　　　　冬天与白菜 / 30

2001 年　　自画像（二）/ 32

2002 年　　示范 / 34

　　　　　　水洗熨衣单 / 36

　　　　　　我想写一首温柔的诗 / 37

　　　　　　一封情书 / 38

　　　　　　海鲜 / 39

　　　　　　自言自语 / 41

2007年	我最亲爱的 / 43	

干脆,我来说 / 44

暗物质 / 45

热带鱼 / 46

创作不应该受限制 / 47

星际旅行 / 48

给妈妈书 / 50

柿子 / 52

告别仪式 / 53

冷静 / 54

安娜 / 55

2008年　　爱情探戈 / 57

脑际一片清明 / 59

培根山 / 60

恰似我的温柔 / 62

备忘录 / 63

为了内心的沸腾感 / 64

2009年　　搬家 / 66

我和她 / 68

浴缸 / 70

他还在不停地…… / 71

母亲节 / 72

梦境与狗 / 73

你该写诗 / 74

2010年　　美国的囚徒 / 76

坐在桌子前只是回忆 / 77

七个 / 78

在朋友家里我不感孤独 / 79

拉斯维加斯 / 80

爱 / 81

火车 / 82

你心中早已有了答案 / 83

2011年　　黑暗中的一瞥 / 85

此生 / 86

光明桥 / 87

纪念日 / 88

我多想带着你们狂奔 / 89

短信 / 90

小教堂 / 91

你是否愿意接受这样的我 / 92

东四环 / 93

生活像是突然又有了希望 / 94

2012 年　暗夜行 / 96

养老院 / 97

十年 / 98

在路上 / 99

心房 / 100

坐在桌子前只是回忆（二）/ 101

没有准备好离世 / 103

我的工作不需要一对漂亮的乳房 / 104

伊斯坦布尔 / 105

戒 / 106

日晷 / 107

鸟 / 109

小时工 / 110

麋鹿 / 112

指北针 / 113

养老院（二）/ 114

痛苦迟迟不来 / 115

2013年　它们自己会长好 / 118

写给朋友的信只需要一行 / 119

我不相信你就此过滤掉了我 / 120

致故人 / 121

鳄鱼 / 123

维持周转所需 / 124

母亲节，让我们来谈一谈父亲吧 / 125

在怎样的声音里我们醒来 / 126

水草在暗夜浮现 / 127

失去了些什么 / 128

老情歌 / 129

不能把激烈的东西当儿戏 / 130

我不能挖出去年的种球 / 131

然后他们就在对面接吻 / 132

诗是…… / 134

盛夏 / 135

自画像（三）/ 136

我的家，我的父亲 / 138

为晚饭后的黑暗写一首歌 / 140

时间这骗子 / 141

卡米耶·克洛岱尔 / 143

鼓手 / 145

2014年　屋檐 / 148

星际旅行（二）/ 149

好时光 / 150

楼顶 / 151

蓝色雨衣 / 152

年轻的生命 / 154

逝者如斯 / 155

上帝递给我 / 157

屋顶上的男人 / 158

茴香 / 160

我知道痛苦的库存 / 161

拐角处修了个美术培训学校 / 162

体会你不存在 / 163

荆棘路 / 164

菜市场 / 165

哀恸有时 / 167

会飞的人 / 168

2015 年　　深思 / 171

更多的生活，它不在诗里 / 172

杰克打算出趟门 / 173

树枝特有的修养让我们终于沉默 / 175

我要写一些不带情绪的诗 / 177

可是我的过去可能永远也谈不完 / 178

事情并没有想象中那么糟 / 179

水池 / 180

我让你喝下那口汤 / 181

淤青 / 182

我承认命运永远也不会过时 / 183

疲乏日 / 184

通往阳光密布的所在 / 185

2017年　工作狂 / 188

睡姿 / 189

修长的少年穿着白衬衫 / 190

最记仇的 / 191

世界的边界 / 192

暮年 / 193

冰水沁在冰袋里 / 194

我打算做个梦,梦到你 / 195

生肉 / 196

旅馆 / 197

和诗人恋爱 / 199

岛 / 200

爱(四) / 201

命运是一只不听话的驴 / 202

我不想大张旗鼓地进入

你的生命之中(一) / 203

冥土星 / 204

万红西街 / 205

菊儿胡同 / 206

好时光 / 208

我不想大张旗鼓地进入

你的生命之中（二）/ 209

激烈的东西不长久 / 210

世间的盐 / 211

2018 年　来自生活的云具体地飞 / 214

一句诗 / 215

44 岁 / 216

金子般的 / 217

不能写的部分 / 219

2019 年　合唱团 / 221

试图 / 222

集中营 / 223

猫 / 225

悬崖，峭壁 / 227

在医院，没有什么疾病是罕见的 / 228

野杏子 / 230

月亮 / 232

债主 / 233

神 / 234

神（二） / 235

羊的屠杀 / 236

腐殖质 / 237

心情最黯淡的一天 / 238

2020 年　　地坛天坛日坛月坛 / 240

当我开始为你写诗 / 242

海浪 / 244

电梯 / 245

大海 / 246

我的朋友，昔日的 / 247

需要时，请给我电话 / 251

孤独 / 253

女性的材料 / 254

写诗 / 255

那切下的指头还有知觉 / 257

丑比美更值得颂扬 / 258

和你说话的时候 / 259

2021 年	瓷器 / 261
	海 / 262
	遗物 / 263
	我不想把最好的给你 / 264
	短暂的伴侣 / 265
	雕塑剧场 / 267
	来自中东的问候 / 269
2022 年	不想让任何人扰乱我的心 / 271
	梦 / 272
	热烈 / 273

1997年

请把我埋葬在镜子里

请把我埋葬在镜子里
让我知道谁在我坟前逗留
久久地逗留

一双惊恐的猫眼,或者
害羞的蜘蛛娘
我允许婴儿指尖
轻如豆角的触摸
允许情人
因为背叛而亲吻
却难于忍受
藤叶上的齿印
被一滴水
打湿

　　　　　　　　　　1997/12/15

1998年

我不认识柴可夫斯基
——献给母亲

他不是我的邻居
也不是手术室的值班护士
有一天
我正在街上买鱼
有人指着他告诉我
那就是一百五十年前死去的
柴可夫斯基

咸水的鱼和竹篾
使我汗水淋淋
连一条手帕也没有
我想
女儿不会太早回来

柴可夫斯基
从不担心樱桃园的收成
可我担心她
她快长大成人

在她迷恋的男人里面
正好有个叫柴可夫斯基的
一个从不打算结婚的男人
她在信里这么说
"因此我决定
夏天留在北方
……"

          1998/02/10

长尾巴的男人

兽皮上
旋转的水涡
长尾巴的男人是一条蛇
蛇的鳞光
使他的眼睛陷入黑暗

水库里他的家
翻不出一点儿新鲜的东西
可他依旧工作、学习、恋爱

世间的事情
他总想处于中心位置
直至蛇皮枯萎
苦涩的味道刺醒了
与他同居的另一条蛇

        1998/05/17

小于号

我的书本里
夹满了小于号
如果有一只的翅膀被折断了
我就把它捡出去

它会在哪里继续生存下去
我毫不在意
它挤进我的梦境
我只盼望浮光掠影的清晨

最好它也能
尽早把我忘记
就像鸟粪放过
天空中的岛屿

1998/06/02

沙丁鱼是一种廉价的鱼

人们告诉我
沙丁鱼是一种廉价的鱼
我知道
这绝不是大海的想法

如果让我拥有七个孩子
我一样会对邻居说
老三终于考上了北京大学
二姑娘看来只能嫁给老实的
班车司机
五儿的跳高水平又长进了
明年给他再买套运动服

我计划中的家政
似乎永远也不可能实现
因为再也没有一个
愿意抚养
七个孩子的丈夫

也没有一个供他们玩耍的
大庭院
让我透过窗纱
一眼就能看到最小的女儿
穿着我从未见过的
可疑的花裙子

我上街
也不用带上他们中间最安静的一个
我锁门
里边没有七只喳喳乱叫的鸟崽

生活如此平静
我只能学蚕花娘娘
在纸上
生养我亲爱的儿女

1998/07/21

凡是我所爱的人

凡是我所爱的人
都有一双食草动物一样的眼睛
他注视我
就像注视一棵不听话的草

1998/08/10

云鹏在唱一首忧伤的歌

我们离开那间租来的房子
把灯拉灭
只剩云鹏在屋里安坐
天已经黑了
我听到
云鹏在唱一首忧伤的歌

这是夏天的最后一个黄昏
河水已经凉了
河边的水草也已结婚生子
一片冰凉中
生活着一个热闹的家庭

而我们的家已经荡然无存
我们的家和稻谷
混杂在一起
在田野深处静静生长

1998/08/16

本该下雪的这一天

本该下雪的这一天
下着雨
北京的雨水
像晒谷场上的老戏
我看不懂

本该下雪的这一天
四下里静悄悄
人们仿佛移居到
谁也找不到的地方
在各自的梦里
高声对话

本该下雪
雪早被运走了
站在忧伤的雪地上的
不只是一棵树

1998/10/25

1999年

望得见田野的阳台

我在那里午睡
晒太阳,一头牛从湿漉漉的
小泥河里站起来
我们似曾相识
对视良久

它是我识字课本里的剪纸吗?

主人带走了它
把我赶回了午时的梦乡

它是我爱理不理的初恋情人吧
不然怎么会回头张望
而且目光突然暗淡
离开我的牛
消失在道路尽头

一路吃尽了草

那些往事的草

长得不可收拾

        1999/02/25

经历

母亲带着我们姐弟
从那个宽敞明亮的家逃出来
她只拿走了换洗的衣物
和几本书
三十年了
她终于决定逃离一个男人的暴政
当晚
我们住在医院一个不足 8 平米的小屋里
荧光灯亮时
有着蜂窝一样的响声

母亲安然入睡
还安慰我
很快一切就会变好的

会变好的,会变好的
可我只看到善良的舅舅死在
除夕前的病床上

满城都是醉醺醺的摩托
隔壁就是产房
早产的婴儿半夜里哭闹

清晨,父亲果然赶来
说是来送早饭
和落在阳台上的内衣
开门的一瞬
我看到母亲脸上
一阵惊恐的神情

这时
窗外阳光灿烂
救护车又送来一个车祸致伤
的病人

1999/02/27

一匹马看见我

一匹马看见我
我经过它的眼睛
走向大路

一匹马看见离奇的动物
她的手臂悬在空中
头顶上没有耳朵

我没有机会和一匹马
长久地待在一起
所以我伤心
这伤心被人引为笑谈

一匹马
在黄昏看见我
它如此温和
眼睛里有深深的爱情
我在它的路途上站定

无心再走

纵然这世间一切

都已决定离我而去

      1999/05/15

歌

它终将回来
在这万籁俱寂的时刻
我听见
水在湖泊深处
静静流动

不敢仰望
那高处的月亮
远走他乡的明月
我们的眼睛
已然麻木
笑声逐渐微弱

仅仅是一个荒凉之夜
黑色的影子仍是黑色
古老的石头
正在破碎

我们只好停止不前
栖身在自己身后

1999/05/21

2000 年

我在二十世纪的秋天

我在二十世纪的秋天
出生
那时候,祖母送来一只
小母鸡,以志庆贺
等到亲爱的弟弟出生时
换成了一只大公鸡
其中的意思不言自明

所以我避免像
公鸡一样鸣叫
而在夜晚
这叫声无比刺耳
好像我陷入了一场
生殖的灾难

2000/01/08

草莓一样红

草莓是一种有艳福的水果
但是它从不在街头张望
它们谦卑地躺在自己的篮子里
香气也从不免费馈赠

草莓是一种教人断肠的水果
但是我就是不轻易地为它落泪
当它作为草
长在不成熟的田野里
我在一旁站立
好像我
即将成为草的心上人
作为它的心
展现在神情暗淡的集市上

2000/01/17

那时在威尼斯

那时在威尼斯
我沿着河岸
寻找他的船
我倾倒在海上的浮岛
一位上了年纪的妇人
捡到了我
并偷偷地对我说
爱情就像产前的阵痛
你要忍一忍

2000/01/25

清晨醒来几件事

把情人放回家去
把牙刷放到嘴里去
把老鹰乐队放山里去
把噩梦放衣橱里去
把昨天吃过的枣子核
放回肉里去

多数的白天我不想过
不知道是什么
把我弄醒

2000/06/05

乡村女孩

乡村女孩

头发枯黄

乳头刚刚开始长芽

她到城里来

碰到一个男人就想嫁给他

她站在柜台后面

看来来往往的女人

每天挎着不同的包

乡村女孩

想在内衣里洒上香水

想坐上凉飕飕的小车

离开店堂

乡村女孩

一夜慌张

唯恐睫毛掉下来

2000/06/05

自画像

皮肤干燥,头发短
冬天一到
巫昂就成了这个德性
她站在路口看别人过马路
看了一分钟
然后自己过

她到附近的综合市场去
那里有的是没良心的秤
一把美妙的葱
她反复算着大米和小米的差价
然后拎了一袋回来

她想在三十岁之前
成为社会名流
当一朵晚开的塑料花

但目前

她仅仅在卫生间里

还活得算个人样儿

        2000/11/09

冬天与白菜

从小杯内取出试纸
我往肚子里倒了袋热奶
给我早熟的胎儿
加点水分

天正冷得让人心慌
楼梯上的白菜冻住了
我弯下腰
把指头插在菜心里

那个医生
去除我营养丰富的胎儿
如同我正在摘的
这棵白菜

2000/12/12

2001 年

自画像（二）

在西安一个旅馆里
我抱着一晚二百三十元的枕头
放声痛哭
我明白，唯有这样的晚上
我是昂贵的，也是幼稚的
我是肥大的，也是易碎的

2001/04/16

2002 年

示范

一个俄国女人
从五楼掉下来
她的尸体
被亲人们存放了55天
说是在等纪念碑
我记不住她的名字
我仅仅希望
如果我不幸早逝
千万不要用我的尸体
纪念我
不要浪费防腐剂和冰块
也不要偷偷地喊
巫昂巫昂
召唤我
更不要用一句
高深莫测的话
概括我·

要把我当作一个问题

来解决

一定要往好处想

          2002/06/15

水洗熨衣单

我住到这个宾馆后
用了三张这种淡绿色的单子
说明那些为我遮羞的衣服
总算保持了洁净
比我还要干净比我还要隐蔽
比指甲要长比热水要烫

我装在它们里边
它们装在塑料袋里边
我挂在架子上
它们挂在我脖子上

我在前方晃悠
它们在摩擦我刺激我
我要跟它们分离
要裸体
去认识一些
喜欢在皮肤上签名的朋友

2002/09/22

我想写一首温柔的诗

我想写一首温柔的诗
像多数时候我的口音
像外科医生麻醉他的病人
像一把刀飞快地
滑过皮肤
我想把它留给儿女
做胸前的刺青
像马铃薯兄弟
像帕帕垃圾

2002/09/23

一封情书

烧毁一封情书
就是杀了一个发馊的人
我不能再爱某个
具体、卫生、肉眼可辨的人

我只爱体温和皮肤上的红斑点
注重牙齿的离合
屁股的转向
发疯的时候强迫进入
疏远时马上熄火

我观察到
所有让对方
迷醉乱情的小动作
一秒钟之后
就成为一颗
穿透马甲的子弹

2002/09/23

海鲜

这些海鲜
正在我的肚子里团聚
在氟哌酸和思密达的胃里闹腾
到底是水母还是章鱼
是太子贝还是贵妃贝
是带血的鳗鱼
还是天真的海瓜子
这次回家
我还意外地发现了鳖
它只有一小块
四方形的脚
放在玻璃板底下
冰凉、糊涂
在夜市的小摊上
格外醒目
注定要被我再吃一回

尽管作为动物

我已经老了十年

它还像当年一样壮实

有蓝色的血浆

和细致的卵巢

一根凶狠的尾巴

翘在炉子边上

它的外壳和内里

越来越滚烫

发散出

不屈不挠的香气

但我最终咬到一粒沙

牙齿跟腰子一起

莫名其妙地酸疼

          2002/10/04

自言自语

我需要的到底是恋爱

还是恋爱中复杂的步骤

我喜爱的到底是

人

还是想念本身

我记挂的

是另一个自己

在糜烂中略显明亮

2002/10/16

2007年

我最亲爱的

我希望有人给我写封信
开头是:我最亲爱的
哪怕后边是一片空白
那也是我最亲爱的
空白

2007/09/02

干脆,我来说

干脆,我来说
那些草已经长不动了
它们得割
割到根部,但一息尚存
没有割草机,我使用剪刀
哪怕它钝到不行
但哪次不是疼
教会了我们
大声叫喊
刀刃上的铁锈
每每胜过创可贴

2007/09/02

暗物质

每一次
我都需要全心投入
以此调动出体内
最明亮的部分
所以请原谅
我无法给你唯一
你想要的唯一
是昆虫和家禽级别的东西

2007/09/04

热带鱼

非常充沛的热带雨林

和热带鱼

热带鱼孤独地

缠绕在珊瑚礁上

肤色明亮

它们每打一次寒战

都让海水涨潮

每一次内里的涨潮

我都置身其外

手脚冰凉

想要收缩自己

深海长眠

2007/09/06

创作不应该受限制

创作不应该受限制
去掉那些刺或枝蔓
爱也不应该受限制
这让你有十分的把握
爱一个残疾人
爱一个死于1791年的男性
爱他黄色的眼睛和麻木的手指
爱他就像爱月亮
那永恒、黄色而麻木的天体
静静地悬挂在眼前
他跟它
没有任何相似之处

2007/09/23

星际旅行

穿过阴冷潮湿的草地
我到后排去给你打电话
两边是
坐在棉布包裹的椅子上的听众
各有各的心情

我说的后排
相当于你的八点半
我们约定通话
决定哪天见面
这不是约会
是上课

我会带上虾米和香菇
给汽车加满油
找一个可以停够一天的停车位
坐在属于我的椅子上
端着景泰蓝茶杯

当我像你一样老

需要更多的安慰和更少的睡眠

当我独自坐在那把椅子上

茶杯盖已然残缺

漫无边际的黑暗和寂静

顺着椅背上升

抵达后脑勺

我会回想你说的每一句话

把这瞬间孤独

理解为星际旅行

2007/09/24

给妈妈书

吃完这顿饭,妈妈
我就要去往北京
继续我自己的生活
我会经过两个机场一条高速
从保安手中接过一张小卡片
进入小区
因为我是那里的业主啊妈妈

我从不打算离开你
但多年来我总是离开
并克制自己的坏情绪
我已经花了一百块钱
把你的马桶修好了
换了软管,马桶里头有块发黑的木头
它在那里待了很多年了
但你不知道
你以为我还喜欢往里边扔卫生棉
妈妈,我不用卫生棉很多年了

我用 OB 棉条

今年我已经过了两个秋天
还有一个
在一万公里外等我
你永远不会知道密西西比有多么热
我会整理好自己的钱和行李
争取不把身份证弄丢
妈妈,你一定不希望我像个幼稚的螃蟹一样
横行霸道

我的心在这里但身体已经飞升到地球之外
你一定不会感到奇怪
这是你亲自生下的外星人
你的羊水都已经变成我的泪
你知道我的每一次不适应
和不协调
也知道我每一次搬运重物
都是为了寻找更多的水土不服

2007/10/22

柿子

外婆九十二岁
还能够递给我柿子
但她也可能已经死了
她在跟我客气
递给我柿子
我也在跟她客气
我并没有坐在她的床边
而是在地球的另外一头
我要反复地计算时差
才能够确切地
记住她七十斤重的身体
飘往天堂的时刻
她巧妙地利用时差
递给我最后
也是最软的一只柿子

2007/10/22

告别仪式

有时候,为了不和朋友们说再见
我陪着他们又走了一段路
挑最难走的路走
又再吃一顿饭,要了许多菜
米饭数着吃
甚至一起上次厕所
隐约听到他们在隔壁窸窸窣窣小便的声音
末了,还互相喊
喂,你好了吗
外边大路车流滚滚
每个路人脸上都挂着一滴泪
唯恐伸手推门即是永别

2007/10/25

冷静

这一生微小
常有遗憾

       2007/10/25

安娜

我身体里有一个安娜
她有一寸长
四分之一寸宽
但是很薄
我用脂肪、肌肉和血管包裹着她
也是我仅有的一切

2007/11/08

2008 年

爱情探戈

在黑暗、干燥的地下室居住
雪落在窗沿上,拐角处的洗衣店挂满了附近住户
过冬的衣服
上面有顾客编号
字母排序的老式编码,简单易懂
再拐一个弯,是犹太人纪念碑
上面有死难者编号,六百万个号码密密麻麻
底下白色的蒸汽升腾,我们踩在上面
步行,去夜市买吃的
一堆一块钱的蔬菜和水果

接下来的一周,我把它们都做成菜
饭后你负责削梨或苹果
我只吃库尔勒香梨
不吃鲜红夺目的蛇果
下了班你会去白人超市
买全麦面包和牛奶,这样早饭更充实
你还喜欢白水煮麦片,一人分食一碗

桂格牌,国内也有的
商标上戴假发的男人貌似华盛顿

周日我在教堂附近溜达
坟墓竟还有地图索引
门口回收地图的那哥儿们
像是刚离了婚,一脸惆怅
铜铸的青蛙坐在雪地上
公园里到处都是活泼的松鼠
活的青蛙早两个月
冻死在池塘里

而你,你说要去报一个探戈班
因为眼下有舞伴儿

         2008/02/17

脑际一片清明

假如要出门工作
有两个去处可供选择
街对面的社区图书馆
里面尽是老人和神经病
街角上的咖啡馆
两层小楼
2.89美元一杯的咖啡
阻止了非正常人类在此逗留
接连一周
我突然在夜半苏醒
脑际一片清明
像是在北京睡到自然醒
起床热牛奶
在微波炉边上捡到一小盒火柴
外边又开始落雨
那些小洋楼的排列组合
比往常更幽默

2008/04/04

培根山

阳光不错
到处是郁金香和玉兰花
我左手抱笔记本电脑
右手提着包
里边是钙片和坚果
路过那个夹在两栋老楼房之间的儿童游乐园

有十个以上的儿童在里面玩耍
婴儿车并排停在门口
妈妈们并排坐在
一张非常长的椅子上聊闲天
游乐园在楼房的阴影里头
摇晃着摇晃着秋千
旋转着旋转着滑梯

我没法参与
我缺乏婴儿这个道具
徒手推一辆车进去找孩子

又有些假
何况那是些黑的白的小东西

黑的白的
没有中间色

2008/05/06

恰似我的温柔

朋友们逐渐消散
想来经过了漫长的历程
但我不懂如何纪念
我不懂那些嬉笑拥抱和耳语
是不是青春期综合症
不懂怎么重拾旧谊
去找早已不用的电话本
好在我们个个健在
即便暂时不如意
但健在,早晨呵出一口热气
晚来风急同时套上毛衣

2008/05/06

备忘录

他们希望我写点什么纪念这段恋情
需要纪念的都是完结篇
他们希望风烛残年
在伴随口水和油垢的枕边
至少还有一小碟花生米
金灿灿的,很香
当然他们不知我的去向
是死在路上
还是形单影只
那时我要对眼角的皱纹说嗨
说这盛年的甘苦
若骤然熄灭的灯丝

2008/06/03

为了内心的沸腾感

该不该水煮
我的心

2008/07/03

2009 年

搬家

初冬下午的太阳光

明晃晃到极点

斜照在波士顿大公园的一大片冰面上

宅了一整周的我

跟在丈夫后边,拿着一幅油画

廉价油画,十个加元

他多年前在蒙特利尔跟一个摆摊的人买的

丈夫的背影像朱自清的父亲

沼泽地里的化石

隐忍、坚强、有耐心

他背着心爱的瓷盘

灰不溜秋

手推车上还有两幅画,一美元一幅

跳蚤市场所得

硬纸板、红灯笼、水壶

我们漂泊异乡的易碎品

而我拿的东西不到五两重

我们的婚姻始于这样一个普通的下午

街上行人寥寥无几

安静到让人想哇的一声哭出来

2009/02/27

我和她

这几周我的个性变得很犹豫
前所未有
我们要去找一所新的教堂
迟到、睡懒觉、走到门口又回来
在那几栋一百多年的建筑物周边
没有发现上帝的踪影
上帝又不是鬼
怎么会到处飘荡

我去了印度人卖酒的店
在冰冻啤酒柜
红酒和烈酒跟前走了三四遍
没有下定决心
老板问：需要我帮忙吗
我想要酒精不想花钱
她说：既然如此
料酒米酒花雕也无所谓

还有超市边上的牙医诊所
打印了三张诊疗细目
四种付费模式
没有一样合乎我的心意
我们一起照了两个小时的 X 光
我对强光毫无反应
她已灼热如烙铁
两眼红通通地瞪着我

我和她，二位一体
走在一条叫作汉可可的大街上
这美国小镇
从头到尾没有一丝风
也没有一点儿太阳光

我恨我无法给予她幸福
多一些肉食，一处海边的房子
作为女人我只够养活自己
我恨我为她添置的只有伤口
在膝下，在腋下

2009/03/27

浴缸

一早起来
她坐在放满热水的浴缸内
洗脸刷牙
全身上下从头到尾
一位中年女人的裸体没有观赏价值
而生活摧毁了每个细胞
没有水的温度、水的透明
水里漂浮的发团
和四下逃逸的水虫
若沉没于水底
不呼吸也不挣扎
这一缸渐渐冷却的水
将融化那些脱落的皮屑
四散的肢体
一个更结实的她
在六点一刻
发出蜡像般的尖叫

2009/03/29

他还在不停地……

他还在不停地给我留言打电话提及往事
哦,有时是他们
我没有精力一一回信回电话、陪着回忆美妙往事
当时我们多和谐
我的脑子是一只种满花儿的花盆
有时腐烂有时怒放
根茎不可估量
爱情这东西过于弱小
我无法奉献全部泥土与肥料和呼吸不完的好空气

2009/04/14

母亲节

她逐渐枯萎干瘪
她则盛开娇艳,头发闪着褐色光芒
她把好肤色转赠给她
她开始与男人周旋
她给她止痛药——一碗热汤
她参加她的婚礼
她们都流下眼泪
她收留她和两岁的外孙
她为女婿开门,她看着她在那张纸上签字
她帮外孙热奶
修理坏掉的塑料玩具
她抱着孩子去看病,在公交车站发抖
阴郁的雨天,两人闲谈
她问她,为什么会痛苦
她说,开始的时候,痛苦控制了你
后来,你控制了痛苦
最后,你跟痛苦对坐饮茶
她们一起从瓶里取出开败的花

2009/05/11

梦境与狗

我对过去并不留恋
甚至昨天、刚才
过去是梦境中飞奔而来的一条狗
瘦,尾巴短,没什么精神头
它舔着我,想让我给它喂点什么
然而,我冰箱里全部的吃的
都是为一匹马准备的

2009/07/29

你该写诗

如果你感到衰老、疼痛、体力不支
被冷硬的生活每日摧残
你找不到合适的药
不要钱的医生
背上有一道长长的血口子
脊柱、骨髓、麻黄片
病床上赶也赶不走的苍蝇
还有眼泪
你该写诗

2009/07/30

2010 年

美国的囚徒

在这里,做美国的囚徒
房子漏风、漏光、不隔音
地球另一侧
我梦到妈妈已离世
她的灵魂路过我,缓缓降落
落在我的额角上
刀刃在闪光
切入我的脑壳
她在临走前
要带走我的痛苦
但妈妈,痛苦是谁也剥不开的坚果
它幽闭、安全、带着颤音
它就是它
没有它,你生下我
没有意义

2010/01/03

坐在桌子前只是回忆

他要到客厅玩游戏
问我,要不要把电脑挪到那里
我摇头
我听到他在隔壁直拳、勾拳、扫腿
故事背景在东京新宿
对白却是道地美国话
You fucking shut up!(你最好闭嘴)
外面一片狼藉
附近的高中,有人被枪杀
警察,直升机在头顶盘旋
凶手坐在麦当劳

2010/02/24

七个

穷困潦倒的时候更容易怀孕
孩子就是贫穷的指针
指到谷底,他们就着床了
落在幽暗子宫软绵绵的绒毛上
软绵绵的
我们身体里最软绵绵的所在

我又去了教堂
去教堂的缘由是害怕孤独
在上帝的簇拥下,孤独也成了《圣经》金句
一个又黑又胖又丑的女人
拿着刷牙用的牙缸
跟每个刚刚走出教堂的人
大声嚷嚷:"我有七个孩子,我要养活七个孩子!"
从前到后从左到右
七个,金句

2010/03/18

在朋友家里我不感孤独

在朋友家里我不感孤独
连卫生间都待得津津有味
解手,摸晾衣杆
仔细看她用的洗面奶
价格标签还在
朋友在客厅吵架,有时是卧室
他们是有声的
音量从门缝渗入
他们偶尔搏斗
但幅度不大
看不见的恐龙化石
卧在床上
我对这再也不会痛苦的生物道晚安

2010/07/10

拉斯维加斯

这个城市我不感到神奇
因为神奇不能概括那些沙子
那脏兮兮的玻璃窗
你和我各在一旁
我们骑在窗沿
看底下的狮身人面像
假的,水泥的
该吃晚饭的时候我突然哭出声来
硬的,粗糙的
你盯着蓝色水池好像已经结婚很多年

2010/09/25

爱

它太活泼,太明亮
像一只装了五十五只小龙虾的网兜
还活着已热得通红
你举着它们在灯泡下看
看,中间有一只正在死去
死去的才会留下壳子

2010/11/14

火车

首先要去坐火车
坐在高高的车厢上
北京的雾气,上海的雾气
那些不安全的小县城
你一定以为我在逃命
一个日渐衰老的通缉犯
生活用烟草、酒精和失败
画一幅潦草的犯罪速写
首先要去坐火车
火车上有左开门的厕所
厕所里有通风口
可以整夜蹲在那里
张嘴呼吸
这是最后最好的抵死不从

2010/12/13

你心中早已有了答案

该不该离开他
你心中早已有了答案
只需要再收拾两天衣物
给行李箱加把锁
放在衣橱深处，樟脑丸味
你对太阳光的移动
有些敏感，一边擦桌子一边留意
他在看电视玩游戏上网浏览体育新闻
这次三人行是只黑兔子
黑耳朵黑胸脯黑尾巴
另一个妻子来过，又走了
她不肯做饭
对你提议的家务轮值心怀不满
那么长的枕头他躺在中央
太空旷太空旷
一列火车在深夜奔驰而过
撞飞了两头矮胖绵羊

2010/12/27

2011 年

黑暗中的一瞥

一家人站在面包树下
没错,就是猴子最爱吃的面包树
树影婆娑
摄影师教他们一起喊:Cheese(起司)。
相当于茄子
老大,十二岁,右眼已经不在
老二的位置是空缺
三姑娘缺门牙,张嘴格外小心
他们的父母,空缺
奶奶,空缺
爷爷,空缺
一家人笑得很灿烂

2011/01/14

此生

那药水中的肉团
曾是我的孩子
别人家里的丈夫
曾是我的爱人
记忆中
他们全都打着一把黑伞
为各自头上的雨水
心中的刺

2011/01/29

光明桥

我有一半儿的生活
在黑暗当中
没有光,也不需要

2011/03/21

纪念日

她当然是美的
深邃的
经过狭长隧道
我想进入你的心

2011/03/22

我多想带着你们狂奔

奶酪在牛奶里
牛奶在胸前
胸前那两颗星球
哦,她们永远旋转
永远沉默

2011/05/05

短信

如果我还残有一个针尖那么多的爱
我将不顾一切地将它插向你的心

       2011/09/08

小教堂

我家厨房的窗口是我一个人的小教堂
艰难的时刻
我会在那里站一站

2011/09/26

你是否愿意接受这样的我

你是否愿意接受这样的我
每天煮一锅稀饭,吃两顿
坐在地上发大呆
我容易喜欢上软弱无能的人
他们的心连一片叶子的遮盖都没有
他们的心在水缸中央浮沉
发出暗淡的光
我站在一边直到天亮

2011/09/26

东四环

又一次面对生活的崩溃
又一次坐在朋友家里
整个晚上我不时看她
听她说往事
她放声大笑讲怎么离的婚
小小一个身体在发抖
窗外的夜色那么温柔
手里的勺那么闪亮
七点半,她的女儿已入睡
五米开外,那存在与否尚无定论的隔壁空间
我有这样的灵,也有这样的一生

2011/11/09

生活像是突然又有了希望

生活像是突然又有了希望
跟两个老友通电话
他没有变,她也没有变

他们还在一起
作为一只精神如此紧张的鸟
我伏在石头上
瑟瑟发抖
他们打算收留我
带我去外地
到乡下去
生活像是充了半格子电
够我再往前飞一棵树

2011/12/26

2012 年

暗夜行

四点半醒来
列车在缓慢行进
几乎是世界上最慢的慢车
有天底下最温吞的性子
我的头枕在铁轨上,间接的
心垫在海绵上
天一亮就会有铁路工人在道旁
发现一张读过的报纸
深蓝星日报
心碎的星球向前飞奔

2012/01/03

养老院

养老院盖在山坡上
你沿着山势走上来
走到一棵树下
会看到我
戴假牙的我放声大笑像一朵野花
这么清澈的天气还需要回忆吗

2012/01/07

十年

十年间,他永远对我说
你是这世上我喜爱的几个人之一
比起诸多甜言蜜语
这话多实在
喜爱的,几个人,之一

卢梭是我喜爱的几个画家之一
玻璃杯是杯子中的一种

十年间,我们各自历经生活的摧残
但都还活着
生活是我喜爱的几种活着的方式之一
应该为她喝酒一杯
伏特加,佐以大蒜

2012/01/09

在路上

怀揣了那么多钱出远门
一块,五毛,一毛,一毛,一毛
坐车,坐车,走路
都在右边口袋
左边插只手

忧伤很便宜
这些钱还没花完
远门就出完了
当我对着所有人微笑
你一定知道
我依然爱你

2012/01/12

心房

我在北京没有家
我总是把家随身携带
可是呢
她也住在我里边
可不是嘛
她也住在我里边
两室一厅,明厨明卫
我住在她里边
她呢,也住在我里边
看谁先把灯熄灭

2012/01/13

坐在桌子前只是回忆（二）

在摩西酒吧的最后一天
来到一楼
倒一杯茶
剥开一只橙子

外面有人在捣辣子
对面的木匠
正把房梁抬高
我和父亲面对面坐着
这情形余生未有

一夜未睡的老友坐在房间另外一角
他在看书
快看完了
这情形多么珍贵

坐在桌子前只是回忆
缩小的

膨胀的
一只老鼠在书架上来回走动
我想要的
无外乎衰老
无外乎消耗

        2012/01/17

没有准备好离世

没有准备好离世
自己还是热的
没有准备好眼泪
有酒窝的老朋友
他粉红小花儿一样的女儿
过来摸了一下我的脸
她是在挽留我吗

2012/01/23

我的工作不需要一对漂亮的乳房

我的工作不需要一对漂亮的乳房
打在电脑上的字
不需要有人自背后环抱
月亮这样看待她的山
环形的,易碎的

百分之三十九的迷幻
高烧的度数
最结实的关系不需要朝夕相处
此生的运命,下一次我要尽量普通

普通,普噗噗噗噗通
机关枪的隐形扫射
每一天都在继续
这胀满乳汁的又一天
作为事主我已疲惫

2012/01/24

伊斯坦布尔

如果我对你的爱不以占有为前提
如果你对我的爱
在她们身上——实现
分批分期,日复一日

当你深入她们的身体
那么深比海还要深
我会站在哪一侧
这情景超过了一个人的忍耐能力
我会站在街角
搭末班车去往伊斯坦布尔

在那里
忠贞是可以的
你绕开所有人
当街占有我
是可以的

2012/01/25

戒

正月初七,七点醒来
想要戒烟,戒酒,戒掉这些身外之物
戒不掉又一餐
你在很远的地方看着我
有时是神,有时是生人
重返61号公路
重返我内在的黑暗
在你面前曝露我的心
需要刹车
还是安乐死
我是一只无缝的坚果
好和坏
死和活
都在壳子里

        2012/01/29

日晷

像日晷一样
我努力把注意力
从你身上转移走
每分钟
伴随阴影
和两个星体的彼此别过

像日晷一样
我信过太阳,为了他无所畏惧
万能的,耀眼的,热烈的
一根草落在熊熊燃烧火山上

像一根草一样
你有你的盐
我用最粗的针
缝最小的伤口

像你一样

我走在去往幻觉的路上
终究忘了 120 为何
那辆呼啸而过的救护车
我们都在里面
不知谁先躺下
谁的生命先离去

       2012/01/30

鸟

你听外边
鸟还没有睡醒
那全部的静寂全部的昏暗
到底在说些什么
鸟,你们在睡些什么
没有电热毯也可以吗
你们全部的体温和心跳
又是为了谁

2012/02/03

小时工

今早我坐在家里
工作台蒙了一层灰
小时工突如其来
她嗓门很高,块头不小
看着我
像看着自家表妹

"为什么你的手机总是关机?"她说
她在客厅和卫生间之间来回跑
好似足球运动员的折返跑
从啊到哦
上了发条,规定了路线
我这白痴的表妹
呆在那里
脑海中
过了一百万个画面
海鸥是如何
在沙滩上起落的

浪如何击打礁石

我，如何将这场景

写给你看

         2012/02/22

麋鹿

我累坏了,像奔跑了一整年的麋鹿
想在雪地里
埋住自己的身体
春天来了不要喊醒我
春天总是那么忙
越忙越胖

2012/05/04

指北针

如果有人体 GPS
俯看我和你
我正向东
你正向北
我的正北与你平行
你的东是我的北
如果可以就让两条延长线
在一起待会儿吧
我在黑漆漆的高速公路上
车灯照着前方五十米
你是否感到一丝不安
在所有的恐惧中
失去是最冷最硬的

2012/06/16

养老院(二)

养老院是我最终想去、要去的地方
如果他们能够分给我一平方米的土地
在这块地里种上萝卜青菜
你愿意跟我一起趴地上看小虫子吗
第五个秋天我突然死掉
你愿意帮我继续照看好那块地吗
我们之间的爱没有什么了不起
大自然、腐殖质才了不起

2012/09/08

痛苦迟迟不来

痛苦迟迟不来
恨也是
我开始写诗的时候不敢自称诗人
现在我自称男人

以臃肿的身形
过期的方式
把自己锁在不见生人的屋里
老鼠在捣鼓什么
我就在捣鼓什么

那些为了避难躲进来的苍蝇、大蜘蛛和臭虫
你们投奔错了人家
寒冷是活着的一部分
最好的时间你也过过
莲花与土
首选土

你们的来处也是我的
但我要亲自杀了你们
把你们埋在走路走不到的林子里

       2012/10/18

2013 年

它们自己会长好

不用去管它们
它们自己会长好
不管多么深的海沟多么凶的狗
让它们在你门前蹲一会儿
不去看它
不参与你内在的翻江倒海
走远一点
把眼睛放在那些高楼、树木和云朵上
放在插进你心脏的刀把上

2013/02/18

写给朋友的信只需要一行

写给朋友的信只需要一行
看鸽子,只需要抬头
谁的衣服落在我这里
开春后请拿回去
人不要来
来封信就好

2013/04/03

我不相信你就此过滤掉了我

我说的是星空
五月二号晚上九点半
东经不知道多少,北纬不知道多少
你那么远,遥不可及
保持这种距离
我不去,你也不要来
我绝不抬头看你
中间有浓烟、烟囱
飞奔的人群
树丛及其黑影
请把你所有的温度留在你的阴暗里

2013/05/02

致故人

在那个电话里
我们已经达成了和解
关于那三年的生活,你,我,她,和他
你跟我说了你的烦心事
我,对不起,我对你依然守口如瓶
我会想:你的外婆还在世吧
可真是个慈眉善目的老太太
南锣鼓巷已经消失了
她的小院儿,对面是公厕
我在里面窘迫地提裤子
多次
那种爱,是非常单纯的
跟矿泉水一样
再来一回我会对得起它的纯度
像我当初设想的一样
我走得那么远
远离了一个人应过的生活
我已回到动物界

你一定不至于孤单

有世间的一切：正常的，应该的，稳定的

无时不刻的

思念是一种

花落到土里是另一种

上天让我们以分别为各自安生的方式

十年以来

这飞奔的马，它何尝消停过

这个品种的马

它坏起来，跟好起来一样癫狂

此致，敬礼

愿你平安

2013/05/06

鳄鱼

盛夏,烈日炎炎
我坐在军用帆布小板凳上
在池塘边钓鱼
他们说这里的鳄鱼格外肥美
一截蚯蚓作饵
即可上钩

四下里静悄悄
树上的蝉叫得格外卖力
钓鱼的人都哪里去了
跟我相约到此会合的人,又在哪里
他们说附近有个便宜的招待所
晚上可以住下
明天接着来

池塘中
有什么分水而来
听起来那么温柔

2013/05/06

维持周转所需

维持周转所需
身体所需,生之寂灭所需
痛苦所需,多余所需
辗转所需,犹豫所需
患得患失所需
爱所需

二月兰,三月见不到
四月才开放
我的父亲天王星
何时逆行
何时教会我离开天上
落到地上
在普普通通的生活里
深埋我心

2013/05/10

母亲节,让我们来谈一谈父亲吧

我喜爱的男人生下的女儿
都格外好看
我是以寻找父亲的标准
去要求他们的
我希望这些女儿永远留在她们的父亲身边
像一个神话
像生活本身

2013/05/10

在怎样的声音里我们醒来

在怎样的声音里我们醒来
一只失魂落魄的鸟停在额头
它无处下脚啊,简单说
在怎样的绝望中,我们看着它
它的颈背、羽毛,光芒四射
埃及飞来的?还是天上
在这静寂清晨
我们在天上的父
你用一只鸟的坚强来教育我
用另一只鸟的坚硬
来解救你自己

2013/05/15

水草在暗夜浮现

水草在暗夜浮现
映出飞船的影子
离开的人继续他们的旅程
剩下的人在此暂居
上班下班接送孩子
给领导送去一份加急的文件
切菜,洗衣服
修好卡住马桶的一根螺丝钉
你不能做一只骄傲的公鸡
不能抖擞羽毛
在屋顶打鸣
此生,飞船不再回来
落下只有雪,或者雨

2013/05/18

失去了些什么

不知道一天到晚忙忙碌碌
仔仔细细打理生意,有何意义
我只是在时间和时间的空隙
数一数钱
放在同伴的钱包里

请你帮我付给那些路过的人们
他们是来讨债的
付给难掩失望之色的老爷
他心碎了

立夏之后,夜色苍茫
那只狗,在乡间土路上
叫得格外响亮
当然你也能感觉到
它失去了些什么

2013/05/20

老情歌

平滑肌松弛
松弛,再松弛
任伤透的心
从两腿间流下
顺着大腿内侧
脚踝,渗到土里去

像个老人一样平静
是个老人都会平静
把拽紧的东西都放开
爱他,但不爱他
何况是共同生活
何况是人皆称羡的好日子

我是松子,没有感情
我的感情在树上已消耗殆尽

2013/05/20

不能把激烈的东西当儿戏

不能把激烈的东西当儿戏
控制牵线木偶一样控制每一次呼吸
做母亲的愿望
紧贴水槽洗一叠碗的一大早
花儿在窗外开放
刺鼻的浓香
随着内在的节奏释放又一次动荡
学着想出个笑话
走路去买菜,问菜农什么样的肥才奏效
相对于干涸的土地
我肥沃又荒凉

2013/05/25

我不能挖出去年的种球

我不能挖出去年的种球
不能复原那时的温度和湿度
那里面是甜的,最深处
当我俯身拔草时
四周都是甜的
失去泥土的草
无边的寂静
痛苦有三寸长
它不会再长

2013/05/26

然后他们就在对面接吻

进入那个地下餐馆
朗诵会在进行中
我去喝了点儿啤酒
也就小半瓶
已微醺,脸颊发烫

去往主厅
一大群人围坐在里面听朗诵
一位高大俊美得好像母马的女诗人在读诗
底下人们不断叫喊
你一定知道这种场合谁也听不清台上的人在读什么
只是在下面瞎嚷嚷

我挤到过道上
终于见到三四个熟人
全部都是写诗写小说的
一个写剧本的也没有
那时候大家还没什么机会写剧本

然后他们就在对面接吻

灯光昏暗

我跟第三个熟人聊着最近的新闻

那个吻绵长又激烈

让我心烦意乱

2013/05/28

诗是……

诗是抢来的
从一堆垃圾里捡来的
过得太好的人写不出诗
诗趴在你的背后,她的胸前
唯有失去和永远失去可以喂饱它

2013/07/26

盛夏

夹在盛夏当中不冷不热的一天
和朋友们沿着人工湖散步
不吉祥的话不要说出口
这么普通的一天,别美化它
玉米还不能吃
一只肥肥的刺猬
用处也不太大
我们彼此的陪伴,换句话说
是暂时的
你造就了个恍惚的我
我为你感到片刻孤单

2013/08/04

自画像（三）

这些年，我做了一些挣得到钱和挣不到钱的事
谈了一些有结果和没结果的天
被长生不老判了无期
从鸽子笼搬到了一眼望不到头的乌托邦
想去旧金山，又怕失去时间的弹性
认识的人无一常见
见得到的人彼此隔着纱
琢磨小说的对话
跟自己一句话也不说
跑过的步不超过二十步
见到鸟依旧羡慕
会做那种依稀往事似曾见的梦
会站在梦到过的场景当中一时语塞
不去图书馆，不怎么去书店
一个比一个年轻的年轻人环绕着我
像面对青山和松树

还是要刮下巴上的稀少胡须

为自己的懒惰倒洗脚水

在地铁站和商场的地图前反复确认：您所在的位置

2013/09/27

我的家， 我的父亲

考虑到心是完整的
出口，入口，拐角，缺一不可
这颗心的主人曾属于我的父亲
他磨好了家里所有的刀
为了打算切肉的母亲
做航模的弟弟
和顽固不化的我

我的家，是个刀具陈列馆
收门票，为了让刀闪闪发光
凶手和血迹有专门的房间
卫生间供游客使用
他们进去的时候若无其事
出来时一脸张皇

我的家，秋天收获花生
夏天种下成片成片的冷空气
带鞘的，刚强的冷空气

弯腰的人要提防腰

走过的人,请抬头看

我的父亲他有时站在房梁上

2013/09/27

为晚饭后的黑暗写一首歌

为晚饭后的黑暗写一首歌
我们有很多吃的
冰箱里有饮料
加完班感到疲惫可以做做按摩

我们想要的无非如此
生活的轨迹,随火车远去

为饭后再也动不了任何脑筋的你写一首歌
那个在楼道哭泣的小少年
为了找女朋友瘦身的青年
莫名其妙推开一扇门的过去的你

为你的眼角膜写一首歌
为刚要飞起又坠回地面,渐渐成型的孤单
为台灯下那条长了鳃的鱼
为壮志难酬、老无所依的天上的白云

2013/09/27

时间这骗子

我租了间房,租金一千
那是 2000 年,西门子后边
煤堆前面的 206 室
我买了松下洗衣机
日本运来的二手货
只能洗衣服不能甩干
那天是 1 月 31 日,我的生日
二十六岁,已觉夜晚长

要出门,走过长长的小路
对面是河间驴肉火烧店
油炸的全套鸡架
仅售三元
恐龙若是幸存
也不过值十几块
那是 2000 年啊我的朋友
我的朋友后来成了兄弟
姐妹离散,鸡蛋没了壳

我的兄弟他坐在床头
不住地打呵欠,一个接着一个
停电后,我点了白蜡烛
我们那么惨白,惨白地对望
夜正长,时间这骗子
蹲在楼梯口

        2013/11/19

卡米耶·克洛岱尔[①]

卡米耶什么都不怕
用脚站在地上
一只刚刚生下幼崽的巨型异兽
眼神里充满了乳液
爱和不屑
你在疯人院度过的三十年
三十年而已

事情在1943年变得直截了当
你死了
我想象你的尸体该有多乏味
骨架还在,不多的一点肉
这点儿肉已经不足以支撑一次欢好

[①] 卡米耶·克洛岱尔(1864—1943):法国雕塑家,人们总是通俗地说她是罗丹的助手和情人,其实她主要还是个雕塑家。

无论是人还是女人
都应该义无反顾地去爱另一个人
投身于烈焰
让火的舌头燎伤自己的五脏六腑
在晚年的十字架上
悬挂自己
风干自己

卡米耶转身去往阳台
俯瞰那个镇子
她一定在某一时刻笑了
笑得不着痕迹

       2013/11/23

鼓手

"以前,在上海
我有一帮打鼓的朋友,"他说
"我们每周聚在一起打鼓
几乎不交谈,只是打鼓
用鼓声来交流
打完就散了,非常过瘾。"
听起来像一对以性交
为见面之首要目的的男女

鼓手把鼓点落在牛皮鼓面上
向日葵就是这样成熟的
采摘向日葵的那些农户
就是这样老掉的

"打鼓会让你感到平静,"他又说
"这么枯燥的节奏,这么机械的重复。"
然而他跟着个大胖子歌手打完一首歌后
在人前擦眼泪

父亲的属性,改变不了一个鼓手的天性

那种无论落在哪里
都要发出响声的命中的异物
眼里的灰尘
对盛开也好,怒放也罢
厌恶至极的习惯

只是发出声响
不负更多的责任
只是无休止地在一家旅馆的床上
被褥四散的一张破床
坐在上面打鼓
就跟这一切都有些什么
在安排一样

2013/11/26

2014年

屋檐

那天我们在吃满记甜品
你说起多年前独自看过的一个电影
说着说着眼眶里跑出了两滴泪
也许不是满记,也许不是电影
当晚我在你怀里呜呜地哭
风吹过那么老的屋檐
当然不需要风,更不需要屋檐

         2014/03/04

星际旅行(二)

爱情是个太空舱
我要争取坐在副驾上
操作仪器的事交给你
我负责看后视镜
百分之百的星星都向后退
相对于我们要去的地方
百分之百的星星都回头
相对它们出现的地方

2014/03/25

好时光

一只裸体的羊
在没有一根草的荒野中行走
日光照亮了它
灰尘包裹了它
它不知道前面有没有水
最绝望的那些天
让一只羊消瘦
吃不到东西
见不到活物
甚至没有虎狼
假设好时光深藏其间
午夜你可以在月光下号叫:
"啊,羊!"

2014/03/30

楼顶

我在楼顶给你打电话
那里才有信号
我们聊一聊昨天彼此都做了什么
独自做了什么
和别人一起做了什么
这是恒星的节奏
恒星死亡后有三种归宿
变成白矮星,中子星和黑洞
我们正身处一个无名黑洞
它吸收了一切
包括光线,时间飞逝
和浅薄的悲伤

2014/04/11

蓝色雨衣

我猜测这么多年
我只想遇到个有分量的情敌
像你认为的我那样
未必要穿着那件著名的蓝色雨衣①
不一定要送给他你的一缕头发
未必要带走他所有的书和录像带
未必,何必呢

多年之后,我们三人可以坐下来
吃顿饭,让他买单
国贸的路灯总是那么昏暗
每个餐馆都坐着
至少三个有故事的客人
让你讲一讲你的
我说我的

---

① 《著名的蓝色雨衣》(THE FAMOUS BLUE RAINCOAT):
莱昂纳德·科恩一首歌的名字。

他保持了长久的沉默
像过去一样
像过去一样,他起身去了厕所
我看到了具体的你
相信你知道我们都是好人
生活里有太多的房间
有时我们不知道哪一间
最安全,最暖和

不一定要在北京,对吧
你问我,后来你怎么样了
我说,我很好,变得越来越健忘
有时候一锅粥放在煤气炉上
会彻底忘掉

2014/04/16

年轻的生命

你给予我的爱
是温暖而清晰的
听我每天做了些什么
见了什么人
梦到了什么
我要把坏东西清除
往坚硬而滚烫的水泥地面上浇水
反复浇,直到它变软
我要把这软下来的东西
交付给你
像心脏移植
像年轻的生命在微微亮起的天色中
小声地反复地叫唤

2014/06/21

逝者如斯

我端着一大牙缸速溶咖啡上楼
你尾随在身后
说:"没事干。"
我还算有点儿事干
签了个小合同,填了张快递单子
还要发个 email(电子邮件)

你才七岁
就知道多数时间
人是没有事干的
你帮我整理好所有的零钱
让我每天定个闹钟
按时吃药

你有个丢三落四的姑姑
嗨,我们每年夏天都会欢聚两周
共同的价值观让我们以暂居地球为荣
车到山前必有路

所幸你我成为一家人

嗨,有一天你得帮我记住
这是哪一年,几月份,礼拜几
你得帮我填表,念书,做饭
共同的价值观让我们以暂别为荣
所幸你我聊过一些别人永远不知道的天

2014/07/17

上帝递给我

上帝递给我
一袋白色粉末
但他不肯给予说明
每个人手里都有一袋白色粉末
但他们不肯公布答案

2014/08/07

屋顶上的男人

屋顶上的男人
一整天都在那里
他们在做防水
任何时候抬头
都能看到他们恰好也正看着我
这种对视毫无意义

屋顶上的男人
搅拌着乌黑的沥青
散发出呛人的气味
他们已经晒了一个白天
早上是棕色的
夜里转黑

男人站在屋顶上
应该穿着白汗衫
戴着劳保手套
他们看起来是一样的疲惫

屋顶还会用旧
他们中的一个或者两个
会老得比其他人更快

你不会觉得
心会遵循同样的规律
心是男人们身上
最早出现的老人

2014/08/10

茴香

我买过很多次茴香
却一次也没有用过
茴香和豆蔻
厨房里的两个房客
摸它,闻它,随便它
厨房里的水
是河水的源头
它途径朝阳区、常营和五棵松
茴香它挥发不尽
烂不透
也没有多漂亮
我把它们扔到地里
浇上隔夜的面汤
妄想让它获得新生
像失去的、逝去的人

2014/08/11

我知道痛苦的库存

我知道痛苦的库存
但不想把它写出来
或者说出来
或者借着晴天晒干
或者告诉你

2014/09/18

拐角处修了个美术培训学校

拐角处修了个美术培训学校
不久之后,这里会出现很多年轻的生命
向树林边走
不下河,冰凉的水对她们无可奈何
他们捧着饭盒
对看
往远处扔石头
着迷于精确的形体
对天上飞过的飞机做出射击的姿势
但没有什么真的掉下来
掉下来的都是
脆弱不堪的东西

2014/09/19

体会你不存在

体会你不存在
体会思念的分量
体会我以人类史上最不可能的姿势
拥抱你,那些永别的幻觉
欢聚的幻想
体会我们依旧以每天一分钟的速度
侵入彼此的皮肤、骨骼和血液
体会不能忘却和不可靠近
愿行星移动到更好的位置上
你从山坡上走下来
上帝给了我一只可以永远紧贴胸口的怀表

2014/10/03

荆棘路

如果过去十三年我有别的选择
我还会选择这样一条荆棘路
伤口和光洁如新相比
我选择伤口

        2014/11/03

菜市场

初冬的菜市场

有菜,也有肉

需要食物的人还是那么多

买完东西天就黑了

牛肉、鸡爪,正在打折的前胸骨

"他总是让我感到紧张。"坐上车,我对你说

我们都目视前方

这种安排适合谈平日不常谈的天

"没事的,有我呢。"你总是说

我们路经正在彻底翻修的环岛

围墙之内空空如也

冬天到来之前,该走的人都走了

剩下了生活的排骨

爱情的鸡肋

你我构建的世界如同卷心菜

顺时针一片叶子

逆时针一片叶子

离汪洋大海还有一千公里
但那里烈日炎炎
幸好那里烈日炎炎

       2014/11/03

哀恸有时

我任由自己沉溺在悲伤里面
一整个下午
直到暮色降临,打开小太阳
回到工作台前,烧水
喝一大口滚烫的茶
削铅笔,削得特别尖
对世间的某些事物
我仍存残念
削尖的笔有助于捅破这层幻觉
生活像个悬崖
不,生活就是个悬崖

2014/12/03

会飞的人

天然气泄漏
地暖停了,我从被窝里爬出来
披着外套开始点炉子
家里还有两大堆柴火可以烧
人是一种只要不饿、暖和
就会感到心满意足的动物

读一读胡安·鲁尔福的《佩德罗·巴拉莫》
开头真美:"我来科马拉是因为有人对我说,
我父亲住在这里,
他好像名叫佩德罗·巴拉莫。"

我的母亲,哦,她还健在
她没有叮嘱过我去看看父亲
他也还健在,他们双双存活于世
就像我计划的那样
六十岁之前不要丧失双亲
寒冬腊月不要痛失所爱

你想想，切开冰箱里的一块冻得硬邦邦的肉
有多难

不要跟我说去月光下的野地里
找一只丢失的鞋有多麻烦
能麻烦过一个又一个的亲人重病卧床吗？
不要穿本白色的衬衫
抽过滤嘴香烟
我不是你先天的女儿
也未必跟你一起走到人生尽头

临终前，我愿接到查水表的人打来的电话
电话那头的声音里有某种体恤
带着浓重的口音

我要把你留下的厚厚的皮夹克
送给不小心来访的朋友
他提着腊肉，带来可靠的消息
只有飞行员才穿得上这样的皮夹克
会飞的人做什么都可以

2014/12/04

2015 年

深思

犹太作家和俄罗斯作家
善于深思
文字是冰上的水
不是水的终极分子
也不是说出水时,舌尖的颤动
深思是加倍的
将脑壳剖成四种形态
面对爱不说一句话
只是为她开门
最艰难的时候
深思是只翅膀特别大特别长的巨鸟
带你进入丛林
或者山区
在深思中把活下去当作更好的选择
因为痛苦是它的燃料
血是它的价值

2015/02/01

更多的生活， 它不在诗里

更多的生活，它不在诗里
它不巨大，不柔软
每多吃一顿饭，就消耗掉一整天
每多说一句话，就被电流附体
更多的生活，在通往你家的黑暗楼道里
最后，电灯亮了起来
屋里堆满了各种杂物
左边，厨房，右边，卧室
雪落在外边较矮的建筑物的屋顶上
中午之后，黄昏之前
在雪落下的轨迹中
也许没有烈酒
也没有血痕
不巨大，也不柔软

2015/02/09

杰克打算出趟门

杰克打算出趟门

他的床上躺着一个黑女人

全裸的,不胖不瘦

杰克带上了他的枪

我说的是铁做的枪

他的工作包含了使用枪械

临走前,他帮他的女人盖上了单子

他在穿衣镜前穿上了衬衫,外套

高温让人冒汗

但杰克必须穿戴整齐

每次出门他都要以对得起自己的模样出现

杰克是个男人

高大、话不多、干脆利落

他只负责结束一些人的生命

不处理遗体

杰克不喝酒,不听音乐

他大部分时间都待在家里

他不结婚不生子

他的家是孤独者的旅店

而他绝不会把枪口对准自己

        2015/02/15

树枝特有的修养让我们终于沉默

在山里,他租了四亩地
五十年的租期
用来种金线莲和兰花

在香蕉林的包围中
我们听着水壶滚水
每个人都超过四十岁
水流和缓且睡眠短浅
有价值的时间基本过完了

金线莲乏善可陈
兰花还没有花苞
植物特有的修养让它们长久沉默
我们说着完全可以不说的话
盯着水鸭的身子

这样日复一日也并无不可
不需要悔恨

也不用寻找上帝
只是树枝匍匐入地
树枝特有的修养让我们终于沉默

        2015/02/16

我要写一些不带情绪的诗

我要写一些不带情绪的诗
比方,太阳从楼的一角升起
河流不紧不慢地流向远方
肚子饿了的人吃完了两碗米饭
太阳从楼的另一角落下
河流去了远方不再回来
肚子饿了的人吃饱了后打起了瞌睡
小卖部里有一只苍蝇飞来飞去
它起飞的时候
没想到终点是死亡

2015/02/16

可是我的过去可能永远也谈不完

我们一起爬山
从中间的小庙处继续往上爬
十四岁的她穿着假两件套的羊毛衫
爬山就跟燃烧了永动机的
一小部分能源一样轻松
她停下来等我
我们也交谈
聊一些具体的烦恼
本来爸妈同意六年级暑假
让她跟同学们一起自由行去香港
但最后所有的大人都变卦了
我想跟她谈谈我的过去
关于我的过去,我可能永远也谈不完
她在爬山啊爬山
不断地往上爬
累了就靠在树干上,累了就靠在树干上
我想跟她谈谈我的过去
可是我的过去可能永远也谈不完

2015/02/19

事情并没有想象中那么糟

事情并没有想象中那么糟
写完了那封信
我睡完接下来的觉
起床吃了早饭:一碗稀粥,一块豆腐
看了一会儿电影
我一直在给这件事寻找一个合适的档案位
二楼第三个房间,靠右
屋内光线昏暗密不透风
也许路过的麻雀愿意在窗沿上站一会儿
但它不会鸣叫
也不向内张望

2015/02/23

水池

从那栋房子里走出来
门卫穿着藏青色的冬装
门前有一大片水池
阳光照在上面像是临时的福利
有块石头,六年来一直沉在池底
知道那块石头的人
全世界只有两个半
石头不会腐烂
人通过腐烂获得一点儿光亮
我看着水池中的一枚硬币
把那只硬币扔进去的那人只想离开
我不是,你也不是
阳光不会照到石头黑暗的一侧

2015/03/02

我让你喝下那口汤

我让你喝下那口汤
刚刚又热了一遍
你不喜欢的东西从不迁就
然而汤是热的
像过去的情爱,镜头深处的轴
我们彼此造就
造就了不快、距离、缓慢的和好
你说你要去山里转一转
打电话有话快说
多大的空隙足以被石灰填满
我算不出海拔高度
也无心做个更好的指南针
你说我这种东西不应迁就
然而我们不幸遇到彼此
缝合、撕裂、黏住
像一张猪皮和一张虎皮

2015/03/04

淤青

将去年干枯的枝叶
收集到一起
用打火机点燃
轰的一声,它们尽数燃烧
地上残留了一块烧过的痕迹
不是任何大陆
也不像有个人躺过
作为这种灰烬的制造者和见证人
我应该对此保有余地
黄色的花最早开
落魄的人最后一个来

2015/03/10

我承认命运永远也不会过时

我承认命运永远也不会过时
那些出于好奇种下的种子
腐烂，发芽，不合作，在雨水中
骄傲的心也不会过时
哪怕脸泛黄、发青
跟好看全无关系
在寂静中待过的时间不会过时
吃点苦头总有道理
过去的傻子
在马路上
走过的模样不会过时

2015/04/20

疲乏日

常青藤、海棠、天竺葵
在我深感疲乏的这一天
还在分头努力
造就普遍的绿和难得的红
阳光下它们之间的关系像一个临时家庭
久别重逢,言语不多
上帝为何?我怎么可能比上帝自身知道得更多?
你为何?我怎么可能比你更靠近你?
金色的你被乌黑的你包围
当中是万念俱灰的傍晚
生命何止一次
爱上一个人何须竭尽全力

         2015/04/24

通往阳光密布的所在

大卫·霍克尼的画儿
展示约克郡的春夏之美
大块的绿色和紫红的乡间小路
我在展厅心不在焉地
看着那些高大俊美的男性观众
他们背负着各自的驼峰
一个女人,或者双肩包
比起孤独人世
这浩瀚沙漠显得温情脉脉
里面装着水、冰块,哈尔滨零下三十八摄氏度的冰碴子
永久的诺言向各个方向传布

比起床铺上凌乱的褶子
展厅的天窗那么高
比监狱宽阔
比好心人的手掌厚实
这周边没有任何可燃、易燃的燃料
也没有人愿意送来一桶汽油

人体的构成无非风、火、水、土
在这个搅拌机内你能造就多大的动静
上面的天,下面的地
中间的河流和道路
一个好的出口
应该通往阳光密布的所在

        2015/04/26

2017 年

工作狂

如果我工作
必须全神贯注地工作
无暇顾及世上有多少穷人
多少钱还没花完
你的车被堵在哪段高速上
我的历史被切割成
工作开始之前和结束之后
之后:沙滩上堆满了尸体
有只食人鲸刚刚离去
你站在我门前
从少年站成老头
我们将一起站在背风处痛哭
为我疏于照料的孩子
我突然想起
你正是他的父亲

2017/05/07

睡姿

在一起生活多年的人
有相似的睡姿
那是床的贡献
床单上有他们的汗渍
每次争吵后他们分泌三种液体
有所谓的和解
泉水流淌之处
牛走过的地方
这种笼统的卧室气氛神秘
身处其中的人不想深究
事后去过的人
无从下手
一起睡过的人
总有相似的睡姿
至少有人这样

2017/05/07

修长的少年穿着白衬衫

那年在海上
修长的少年穿着白衬衫
然而我忘了他的名字
海上有鲸鱼和两棵高耸入云的树
夕阳把甲板染成了浴巾红
纷纷涌上甲板的是
尚未死于海难
即将死于海难
和总有一天会死于海难的人们
少年就在其中

2017/05/08

最记仇的

随着我在美国住得越来越久
可以去的超市越来越少
再便宜的鸡腿也引不起
我的丝毫兴趣
随时打算搬到下水道去住
前夫在离婚协议中注明：
不能以任何形式写到他
记录他，描摹他，回忆他
标注他，追述他，任何惆怅都是非常下流的

2017/05/08

世界的边界

世界的边界从我开始
离开我,一切都是悬崖
堕入黑洞是分分钟的事情
我的边界从健忘开始
忘掉的东西放在网兜里
挂在自行车的车把上
我以为那阵风每年四月都会刮一遍
其实不然,在北京的时候它坚持刮
到了深圳就不好说了
你我的边界
在交谈中消失
也在交谈中重现

2017/05/08

暮年

水草长成芦苇的速度
一定比以往慢很多
你走路的速度一定
像被缓期徒刑的罪犯
我们在地球
某个位置上重合的可能性
逐渐地近乎零
你好,朋友
我们后会有期

2017/05/09

冰水沁在冰袋里

你形容我
冰水沁在冰袋里
漫长的时间内
只有零下二十五摄氏度可以左右我
杨树林已经落光了叶子
你也失去了全部的耐心
一颗冰蛋怎么可能有热烈的蛋黄
死也不能让它复活
漫长的时间内
你思慕一个人的生理机能已逐渐残败
我看到你蹲在地上收拾
一根铁丝
想把它融化
也想把它丢弃

2017/05/10

我打算做个梦,梦到你

从十一点躺在床上
到凌晨五点醒来
一无所获
我分明拿到了一张会员卡
想梦到谁就能梦到谁
梦到金山银山
梦到蛇比火车还大
梦到自己死去
而人们围在边上吃糯米饭
我在梦的坑里埋了两颗定时炸弹
你最近可以用掉一颗
给老了以后的你留下另外一颗
那时我可能在天上
成天飞行,落也落不下来
我俯瞰着你
像一只沉醉于飞行的鸟
并向你昔日的温情致敬

2017/05/11

生肉

我从自己身上切割下一块生肉
递给你,请你点上煤气炉
架上锅子煎一煎
肉的脂肪有点儿重
煎的过程中
油烟不小
你一边听着来来往往的车声
一边照看炉火
把火调小,文火更好
你问我喜欢生一点儿熟一点儿
我忍着剧痛说都行
我们要分食完这块肉
你说你喜欢我脸色苍白的样子
像是刚从超市回来

2017/05/12

旅馆

这两三个月
旅馆的气味替代了家的
在各种白白的枕头、床单上醒来
闻到不知道是哪个城镇的窗外飘来的早餐
水龙头里流出来的
有时是水

房卡里储存了
所有住客的闲聊、尖叫和吵闹
在电梯里与人为善
在空无一人的电梯里
面对自己的一团糟

收拾行李收拾烂摊子
为三千公里外的生活买单
确认下一站是不是有人
车门一开常常面对荒草丛生的场面

能够见到你的那一站
别有深意
你身上带有上帝赋予的徽章
但我无暇回味
该拿身上这些余温怎么办?
瞬间零下一摄氏度
也许我去往的地方
不再需要任何温度和情感

白色的旗子挂在火车站广场
而我开始打听列车的去向

2017/05/20

和诗人恋爱

和诗人恋爱
就像一个词遇到另一个
温度合宜的词平静相处
激烈冲撞的词撕毁彼此
请尽量不要和诗人恋爱
除非你带了足够的句子
有病菌的、干净极了的
两个诗人坐在一起
就像面对无瑕的镜子
模仿对方微笑、害羞
喂给对方一杯水和葡萄
在室内光线足够的情况下
一次又一次地观赏他透明的心脏
赶在死神光临之前
为这无情的爱
写一首悼词

2017/05/26

岛

你买下一座岛
打算在此久留
你买完岛后才发现
没有任何一种交通工具
可以去往岛上
你的爱人她死于脏器衰竭
你的妈妈她走远了
你作为自己的儿子
承继了香火
也吞噬着悲哀
那岛上仅剩一只绵羊
羊毛、羊血、羊皮、羊肝
闲置无用

2017/05/26

爱（四）

局部的爱让人害怕
全部的，怎么可能？
你会为了谁去死
他三个小时不理你
你就绝尘而去
大部分爱都是一种对于爱的恐惧
小部分，还没出生已经
停止了呼吸
你不得不回到卵巢去寻找母亲
抽烟，以成为父亲

2017/08/02

命运是一只不听话的驴

跟你告别,在机场

我们去往不同的登机口

我突然改变主意

骑着驴去找你

谁承想从 38 号登机口

到 23 号,是漫漫长路

沙漠、荒原、无人区、虎豹豺狼出没之地

雨雪、冰雹、炎炎烈日

还有我不可控制的衰老

喂给驴的草料也不够

我只能把关于你的事

编成一首小调

沿途唱给旅客朋友们听

他们感动、落泪、布施

然后提着自己的行李匆匆离去

我只能把去 23 号登机口找你的事

唱给航班延误的人们听

2017/09/02

我不想大张旗鼓地进入
你的生命之中（一）

我不想大张旗鼓地进入你的生命之中
我应该像过路的人一样摇摇头
跟你的正面保持距离
和你的侧面保持距离
你的种子在春天发芽
你的心永远封闭
简单说
这明灭无常的烛火它洞悉了所有
又置若罔闻

2017/10/18

冥王星

通向你的高铁全部毁在路上
去找你的人,全部车毁人亡
想念你的方法
全是野路子
在你怀中落的泪
都结成了冰

2017/10/26

万红西街

有一年冬天
最冷的那几天
我受邀去中央美院研究生院的学生宿舍坐一坐
他们住在平房里
自己砌的炉子
四个男生围着我
有的在观察我脸上的明暗变化
有的专注于线条
有的希望这里或者那里
能显示出更温暖的色彩
只有一个男孩只想着上床
深夜,我们在昏暗的路灯下告别
背后是一整排骑着高头大马的骑士
雕塑想要复制人
却又无法复制出此刻
男孩们全都握紧了自己的手
什么都没有发生
除了又一根水管被冻裂

2017/11/04

菊儿胡同

我经常住在朋友家
一只不落痕迹的寄生虫
有一次,住在女友和她的老外男友家
我睡在沙发上
听他们一整夜,既不做爱
也不收拾屋子
而是在谈论一个玄而又玄的话题
用两人都不熟悉的英语
我在心里,默默地为女方做翻译
再为男方做翻译
全心工作,彻夜未眠
后来,只好跑到厨房
偷了一点腌橄榄吃
就着凉白开
北京的秋虫叫得格外地响亮
虫儿在说什么
秋天在说什么
我坐在楼梯上

等着阳光照到楼道里
阳光缓缓出现的模样
就是 2006 年

        2017/11/04

好时光

在海边,好时光无处不在
海的蓝,海除了蓝别无所有
海岸线她乐意存在
海里的每一滴水都没有怨言
这无边的寂静何以存在
这交割、容让、不知不觉
这融合、给予、请稍等片刻
再回拨
如果爱是刻不容缓就刻不容缓
可以稍等或永远等下去
会更像海

2017/11/07

**我不想大张旗鼓地进入
你的生命之中（二）**

我想落在随便什么阴影之中
我已照耀过阳光
暮色将永远无法笼罩我
世界低垂、下坠有什么关系
你飞扬、璀璨就行了

2017/11/15

激烈的东西不长久

你在尽力而为
写给一个女人一首情诗
你对她的爱没有增加
只是说出来了
她甚至不知道
不愿意知道
激烈的雨过后
天空一无所有
饱满的生活之外
万物齐喑
你不要仅仅满足于剥开一只石榴
石榴包含了秋天全部的血本
猩红，热恋

2017/11/16

世间的盐

从今往后
你是我的男神了
你要为我负责

千万不要从我的神坛上走下来
或者偷偷地打个盹儿
你要为风调雨顺负责
你要为无为而治负责
为高温天气负责
为思念与哀愁负责
为一生悬命负责
为美负责
为漫长的排队等候时间负责
负责迷人的笑容，负责毛茸茸地
钻出被窝
负责：嗨！
负责活在我心中
也在日光之下
负责恒久忍耐

负责永不止歇

负责长此以往

负责最难的和最好的

负责整个夜晚的星空

星空之下和之上的所有

负责把羊群和牛群分开

负责炉火熊熊燃烧

负责具体和抽象的亲吻

负责疲乏、倦怠、慵懒

负责不可知的部分

黑暗中的一切

你坐拥我胜过天下

需负责爱我,和世间的盐

        2017/11/21

2018年

来自生活的云具体地飞

撒下雪的盐
也可以融化在汤里
我心内思慕的人
正专心致志地工作
作为一片雪花
从天上到人间
绝不走样

2018/01/06

一句诗

一句诗从不知道什么地方滑出来
我把它推了回去
黑暗笼罩了它
这句诗多耀眼、明亮
整个人世就等着它来照亮
这句诗多绵软、殷实
任何蛋都会在它里面被孵出
我们需要雄壮的动物
没有它,没有可能

2018/07/02

44 岁

上帝从我手中夺走了些什么
然后给了我诗
给了我源源不断的字符
把我从阴面翻到阳面
上帝命令我:
闭嘴,深思
上帝把一个少女埋进土里
再挖出来时
已中年,雪落在世上
有子宫的绵软
失去的硬

2018/10/24

金子般的

多伤感啊,暮年的你
多伤感啊,正处于山顶的我
我快要下山去和你会合
那些爱是金子一般的
你给过我所有的好东西:
一只蓝色的切诺基双肩背
一套云南带回的漆器杯
你看我的神情
像是要把生命交付给我
你也希望我把我的生命
交付给你那时
我们站在楼顶
一起看着两个生命胀成
巨大而又巨大的白色气球
缓缓飞升
多么伤感啊,地面上站着
一百万个猎人端着他们的气枪
你捧着我的脸说:

"我写的所有的东西,
都是带着对世间所有的爱意的。"
多么幸运啊
我怀揣着这么大的秘密
而不是气球入睡

       2018/11/24

不能写的部分

不能写的部分
始终拥簇着能写的部分
能写的部分也只有一小部分写出来了
利用地心引力自杀
还是飞离人世?
不能说的部分含在我的舌根子底下
不能找到的摩西在埃及的土路上行进
不能开玩笑的人
他严肃、严肃而且沉默不语
不能在临别时交给你的部分
舔舐着我的心肝脏
不能落下的日
和不能一饮而尽的烈酒
即便是写出来的部分
还有相当大的部分
读不出来

2018/11/29

2019 年

合唱团

我的朋友那段时间正在和
合唱团出身的女孩谈恋爱
她们四个一起出现
让我们猜哪一个是女朋友
我们聪明地采用了排除法:
首先,不会是眼睛大的这个
其次,不会喜欢穿一身黑
最后,不会有举目无亲的眼神
被我们选出来的那个
用手死死地捂住眼睛
她们用四声部的和声
否定了我们的选择

2019/07/11

试图

她试图留下每一只鞋盒
留住皮革的、帆布的、牛皮的气味
她死后这些放在书架上、隔板上、橱柜里的盒子
被人清空
所有的衣服,没用完的化妆品
发带
她还没来得及进出两次民政局
去妇产医院,抱着孩子出来
她还在粉色碎花的阶段
三十岁,脸上还有个蚊子包
她常常用手托着下巴
看来来往往的护士
她对送一束花来的人,留下排骨汤的人
还会眯起眼睛
杀死她的细胞来自她自己
她向自己余下的
热乎乎的身体道别

2019/07/13

集中营

神啊,七岁那年
我把掉落的门牙放在你手心里
把十五岁预售给你

神啊,五十九岁的那年
我会把灵魂叠成豆腐干大小
向你换取余下的时间
死去的人
铁青着脸和你坐成一排

神啊,你让我们每一个和你深吻
勾出五脏六腑
在你怀中痛哭
没有一个能幸免,站成一排,抑或错落有致
在你面前,我们软得像一块块核爆炸后的钢筋水泥

神啊,你取走深渊当中所有的黑暗
它只好接受光亮

你醒来，我们必须同时闭眼

神啊，你修好了又一座集中营
那漫天的，皑皑的大雪
全是我们的碎末

2019/07/13

猫

我养过两只猫
但没有一只死在我这里
第一只应该已经死了
我没去打听,第二只
上帝的葵花照耀着它
屎是成团的,尿湿漉漉地滋润着万事万物

那只猫很朋克
它反对一切,它期待一切反对它
它从厨房的天窗跑出去
在旷野上破坏旷野的一望无际
它不高,也不胖
随着音乐的节奏
它只会蹦恰恰

这只猫在我失魂落魄的时候
踩过我的脸

将两只睾丸怼在我鼻尖

刚才说了

它很朋克

        2019/07/14

悬崖，峭壁

2007年10月29日，我在悬崖边坐了一个下午
北京特有的枯燥无味的悬崖
还记得在草丛中发现了大量的烟头
超级玛丽你与我同在

那个下午我感觉自己已经失去了一次生命
像对面山坳里的那只羊
它自上而下，步行
用脚划着小船
我在昏暗、昏黑、顽固不化的五点半下山

那只给我启示的羊
已化成灰白色的骸骨
这三百米高的洁净室
祷告者抽烟
脱光衣服
站立在冰糖一样的悬崖边沿

2019/07/15

在医院,没有什么疾病是罕见的[1]

橡皮筋融化在夏日炎炎之后
它也诞生于妈妈的温床
一个扎着朝天辫的胎儿
闭着肥大的眼睛

只要一直活下去
总有一天你的心肌会梗塞
会得众多癌症中的一种
软绵绵的胎儿
接受了这样的教育

妈妈拿着手术刀
熟练地切开那些产妇的肚皮
第一层,第二层,第三层……

---

[1] 安妮·塞克斯顿在她的诗歌《手术》(张逸旻译本)中说:"所有特别、所有稀罕之事,在这儿都变得寻常。"

"你该减肥了!"
助产士、器械护士哄堂大笑
敏感的胎儿
听着忘记闭麦的电台

带你来到这个世上的人
也有她自身的恐惧
她们一个又一个走入太平间
你出现在襁褓之中
头天傍晚还是毛茸茸的
隔天就接到了死亡通知单

橡皮筋融化在夏日炎炎的午后
那是一个少女勇猛的十三岁
她屏住呼吸
跳进了
比刀片还要锋利的游泳池

2019/07/15

野杏子

去采野杏子的路上
她被灌木丛掩埋了起来
尸体上挂满了寒露的露,霜降的霜
她在落日时分醒来
一层层霜,白白的

她从自己身上站起来
整理了一下短裙子
继续上路
风刮掉了每一颗果子
并将它们压在土里

我认识许许多多这样的女孩
去找野杏子
因此丧失了所有的野杏子
她们站在空空如也的旷野当中
像一只只落寞的灯泡

没有电源,也没有电线

她们甚至不知道

电是什么意思

        2019/07/15

月亮

那晚我们的情爱
没有月亮参与,一样紧凑、充实
那晚我们的情爱
月亮撕裂、下垂、弥漫
月亮代表死亡每二十四小时发生一次

        2019/07/20

债主

大舅舅行将火化,我老爸
突然高声向他的孩子们讨要三千块钱
"不对,是三千六。"他说
在悲伤的人群里
有一个清醒的债主
他的袖子挽得高高的
来帮忙的架势
他的袖子被火点着了
火焰是金黄色的
透过时间的虫洞,我们可以看到
债主在自己的葬礼上
裹挟着黄金

2019/07/26

神

神你是否存在,在我脚踩过的沙子当中
神在沙粒中沉睡
他启示了沙子的每一个分子
沙子走在神的路上
但普通至极
神以普通为最高的美

2019/07/29

神（二）

我在凝视万物时见过你
你在我的痛苦中加了一勺盐
即便是盐也充满了你的苦味
你让我舔舐一头脏兮兮的羊
那就是写诗

2019/07/29

羊的屠杀

我从未亲手杀过一头羊
昨天的羊,前天的羊
它们都在这个房间里
我从床上起来,已折断了某只羊的前腿
我坐到电脑前,已刺痛了
它们的心

2019/07/29

腐殖质

如果我能将你含在口中
一团糟,一团火
我将不惜周身长满毛刺
两头尖的刺
你把我的胃当成你的住处
以食道为楼梯

我记得我逝世那天
你面对着空荡荡的窗户
自言自语说:"活着真美妙!"

在我生命的基础上活着
我是你天然的腐殖质
在我好不容易获得的寂静中
先收获果子,再种下种子

2019/08/01

心情最黯淡的一天

心情最黯淡的一天
你喊我吃饭,我喝了你带来的酒
等车的时候
我把脑袋靠在你肩上
像二十年前一样
我没有告诉你我的心情
你也没有告诉我你已察觉
风吹得最悄无声息的一天
我们进入暮年的前夜
水里闪着光的晚上
你的手
看起来比我疲惫,比我操劳
生活已锈迹斑斑
人心似深海底的污泥
这深秋浓得像血
我亲爱的朋友
至少在那一刻,就算是血
也充满了意义

2019/11/08

2020 年

地坛天坛日坛月坛

如果可以再次见到你
我打算,就坐在那里看着你
保持着一米左右的距离
一张桌子的宽度
并不需要交谈
交谈需要燃料
并不需要握住手或者松开
这会徒增烦恼
我将以你为明镜
来增加自己的光亮

如果可以再见到你
我们应该先去地坛
再去天坛
然后是日坛和月坛
这一天会飞快地到来
也许是明天

"只有在品德上更进一步,
才会去眷恋一个人。"
这是柏拉图《会饮篇》当中的一句话
我可能会买很多本《会饮篇》
以期拥有很多句这句话

2020/04/03

当我开始为你写诗

当我开始为你写诗

这说明,你就变成了我生命当中

不可删除的部分

听平克·弗洛伊德的下午

整个大海里只剩下一根细长的、发着微光的针

当我开始为你写诗

你的身体至少会被切割成五个部分

五个形容词并排躺在一起

等着有人带走它们

如果我开始为你写诗

哦,把如果换成假如吧

你是否愿意把世上的声音

全都删除

只剩下难堪的寂静

如果我是一个好人

我会混在那些被摘得干干净净的词里

在寂静的陪同下

像一只失去了全部的脚的蜘蛛

等着你把光线

也删除

2020/05/16

海浪

他们把海浪封在玻璃房子里
就像我现在正在做的一样
我要把全部的
澎湃、击打、壮阔
全都锁起来

2020/07/29

电梯

在电梯里
我上升到三楼,这座楼只有四层
你长眠在我的记忆之中
在一楼
一楼海拔低一点
电梯是一只铁的骷髅墙
你在考拉生活的国度
吃着麦片早餐
你长眠在我的记忆之中
那么纯洁,像萨普冰川
冰川走近了看全是灰尘和石英
如果我在格尔木十块钱一晚上的招待所多躺一天
时间机器将把你输送到
另外一个女孩跟前
你长眠在我的记忆之中
像雕塑长眠在石头里

2020/08/03

大海

站在海里喝水
用手,用杯子,吸取湿漉漉的头发上
仅存的大海的碎片
大海的一部分进入你体内
然后你就跟它共享辽阔了吗?
然后你就幽深而又痛苦了吗?
你深以为自豪的膀胱
变成了胀满的鱼鳔
脏脏的白
脏是重点,白
倒是次要的

         2020/11/13

我的朋友,昔日的

那天黄昏,阳光照在墙上
我坐在马桶上看着那道光线
想到了你,那一瞬间
你是否与此同时想到我想到了你呢?
我的朋友,昔日的

失去你就像是失去我生命的枝子上
最鲜美的一只果实
失去你就像左手递给了右手
一张破旧的纸币
我的朋友,昔日的

我畅想过等亲人亡故后
寄居在你家的一间客房里
失去你就像失去了世间最顽固的一个比喻句
失去你就像失去了在厕所门口等候你的机会
失去你就像车水失去了马龙

我洗净一只杯子却惊觉它没有把

失去你就像失去熊熊烈火当中火的主心骨
失去你就像失去是如此自然而然发生的事
失去你就像庆幸我们都会写诗,你还会在我的诗
里存在
就像存在主义那么沉痛的存在
像加缪的老破车
撞到威廉·福克纳种下的那棵树
失去你就像我还穿着你赠予我的那条红色警戒线
失去你就像保卫战当中的歼灭战,以及事后的游
击战
失去你就像丧失一种罪恶
以及与这些罪恶天生一对的原罪

从集市上买到了
一些夏威夷果
我拿出一只快递箱
想要给你寄点儿
然而地址在哪里?

失去你,就像工程院院士
被投放到寺庙里
失去你,正如文科生遇到了
机械故障

清晨,在黎明和早上的间隔
我睁开眼睛想到了你
想到我们一起做过的事
和不打算一起做的事

失去你就像失去了仅有的你
和深知你仅有一个的我自己
失去你就是让任何鸟停止鸣叫
而鱼爬到山上去
你让我很多个
午夜梦回不会无事可做
我为这失去明确了截稿期

我怀疑即便是友情

也需要忠贞

我将不得不永生祭奠这深刻的失去

并为这沉重的失去之门

配一把永远无法开启这失去之门

其自身也终将失去的钥匙

        2020/12/08 初稿

        2020/12/23 修订

需要时,请给我电话

需要时,请给我电话

我的胃口不佳

听到你的声音

或许能得到些安抚

需要时,请摘走我的心脏

安装在你头顶

替代那只破旧不堪的

塑料吸顶灯

滴卜脏兮兮、发黑而又黏稠的血

需要时,请在脸上

戴上一副眼镜

用你的舌尖舔镜片

把它像一片硬糖一样舔光

需要时,请把我的

整个身体,所有的活泼和坚韧

含在舌下

需要时,它会营救你于

不能起搏的清晨

        2020/12/12

孤独

我要说,孤独从未像今时今日这样
给予我补给
它长出了骨头
就像仙人掌一样
我经受着它给予的不适
确信这是风中的沙子
沙子口中的风暴

2020/12/16

女性的材料

女性的材料来自各种日常
丝袜（我几乎从未穿过）
口红（越鲜艳越好）
傍晚出现的脸上的红晕
余下的时间，用来怀念
年轻时大汗淋漓的
夜晚
在卫生间，某个面目
已经模糊的
恋人
当时觉得贵比黄金
不过是失明的人想象光
而始终身处光亮中的人
嫌刺眼

2020/12/19

写诗

上帝啊,我写诗
乃是因为我身上有一个
巨大的窟窿眼
深不见底,变幻莫测

X 光机、CT、阴道 B 超
统统看不明白
上帝呵,我写诗
乃是因为对天上的云彩不满
它们的甜美,像是我的反义词

上帝!我坚信写诗
可以改变不可改变的
可以不改变可能改变的
上帝,我还是要说
我内心除了那个窟窿眼
还有一块硬邦邦的

黑色的石头

它不是石头,也不是塑料

所以我写诗

2020/12/19

那切下的指头还有知觉

情欲的有一部分
是悬望的部分
不被满足的部分
光的大部分
沉浸在半明不暗之中
黑暗之中

2020/12/25

丑比美更值得颂扬

丑比美更值得颂扬

美众所周知一览无遗

有时候，不免寡淡无味

丑是曾经的美，比如衰老

或登峰造极的美

比如死亡

是一次性的美，比如窥视

一种近乎无情的美，好似手术

好的美，良善的美，有分量的美

把它们放在金光闪闪的地方吧

我想要剽窃来的丑

令人粉身碎骨的丑

不堪一击的丑

这些丑因为孤僻、孤绝、孤单

不朽于欠缺之中

2020/12/27

和你说话的时候

和你说话的时候,我是混音软件
听到自己的声音
并听到你的
将你我仅有的不同
糅合成一轨

不和你说话的时候
我将那一轨,又拆解回两轨
于是发现
既无法将你还给你
也无法将我还给我自己

海无法成为被
河汇入之前的海
风无法成为微风斜插之前的风
我们闭口不谈的部分
早已进入了言无不尽的时候

2020/12/28

2021 年

瓷器

即便在床上,亲爱的
我依然会保持着自己的真知灼见
这一柜子瓷器
不会因为倾斜而破碎
瓷器和瓷器之间的缝隙
是鸟的居住地

2021/01/02

海

每天醒来,我都意识到
自己体内有一个悲伤的海
一层又一层的海水涌起
从嘴里、鼻腔、眼睛和耳道
海诞生于我的深处
浮现于我的表面
静止于月出的时刻

2021/01/05

遗物

你走后我忍不住落泪
我想,该停止整理遗稿
中止起草遗嘱
将遗书从抽屉里取出
烧毁

你就是我的燃料
我为什么要将生命视同灰烬呢?
连看你吃东西都充满了意义啊
我要把死亡
从日程中移除
永远地,因为你

2021/01/05

我不想把最好的给你

我不想把最好的给你
要把次要的,零星的,乱糟糟的
给你,把破灭、宽恕给予你

要把成堆的给你
不要单个单个地给你
要把结局给你,而非故事的缘起

把剥开到只剩下核的
自己给予你
请你吞下它吧,如果它是柔软的
我的心,带着与你相依为命
的贪图

而把它的跳动
给予你

2021/04/19

短暂的伴侣

在这个世界上
我们都是彼此短暂的伴侣
这把椅子和那一把
也会说:"姑且这么待着吧"

火车的座椅坐在火车车厢内
从 A 城到 B 城
持票的,逃票的,过夜的
风和夜晚高挂的月亮
都是临时挂靠的

要习惯迟钝、犹豫不决、追悔莫及
要习惯把所谓的真实感受
放在后台
缺葱了去取一把葱
缺蒜了去摸几颗蒜

习惯门后面还有门

直至某一天可以告知对方
此事到此为止
封闭的水泥房间内
还有肉眼可见的辽阔

          2021/08/24

雕塑剧场

记得那天我把脚放在
你的两脚之间
像一只蜥蜴在岩石上
寻找一条攀爬的路

你给我带来的面包和牛奶
堆积在冰箱
那些具体的生活
与天上无关

你说你这里疼
我的另外一侧也开始隐隐作痛
你说你不小心摔在地上
我脚下的地面
凹陷了一点

你需要很多抚摸
需要,而且不说
超量的抚摸过后

我都可以凭空做出一具你的雕塑
你也给予了我同样的
无穷无尽的抚摸
你也正在做
一个关于我的雕塑吗

把这两个雕塑放在一起
让它们试着动弹动弹
肺叶开始翕动
鼻孔呼吸且指头微微地动弹
它们会在空气中复活
也会做出各自的复制品

我们可以坐在那个巨大的
充满了复制品的剧场
分坐在出口和入口
观摩这众多的疼痛与愉悦

哦亲爱的
散场时请到入口处找我

2021/09/29

来自中东的问候

他让她模仿
土耳其人跳一段舞
背对着他
监狱审查室的光线总是
昏暗而又污浊
第三个女囚也跳起了
土耳其舞蹈
背上有挠出来的印记
她们什么都不必穿
直到最后
亲属也不知道
她们什么也不必穿
其中一个
遗体仅余四十公斤
一辆小推车上可以
放三四个

2021/10/05

2022 年

不想让任何人扰乱我的心

不想让任何人扰乱我的心
包括心上面的乳房
乳房上面的布料

2022/06/01

梦

在梦里我看到自己的背
像海边的岩石上
爬满了苦螺
我的视角犹如无人机
俯冲、远离、推移
壮美的角度,结实又宽阔
在梦中再次失去
比真实的、赤裸裸的、残忍的
失去,更深重,更恍惚

2022/06/26

热烈

当我把热烈当作日常
热烈就是一杯水中的火焰
从天上来
又去往未知的所在
当我把热烈当作回忆
太阳也不能取代它的光